RAIO-X DE UM CORAÇÃO RACHADO

LYRA

JONAS SAMAÚMA

Texto: Jonas Samaúma
Ilustrações e capa: Daniel Banin
Projeto gráfico: Daniel Banin
Produção editorial: Lyra das Artes

Dados Internacionais de Catalogação na Publicação (CIP)
(Câmara Brasileira do Livro, SP, Brasil)

Samaúma, Jonas
Raio-X de um coração rachado / Jonas Samaúma. -- 1. ed. -- São Paulo : Lyra das Artes, 2021.

ISBN 978-65-990986-5-9
1. Poesia brasileira I. Título.

21-74642 **CDD-B869.1**

Índices para catálogo sistemático:
1. Poesia: Literatura brasileira B869.1

Aline Graziele Benitez - Bibliotecária - CRB-1/3129

[1º edição 2021]

LYRA DAS ARTES NEGÓCIOS CRIATIVOS
www.lyradasartes.com.br
contato@lyradasartes.com.br
facebook.com/lyradasartes
instagram.com/lyradasartes

SUMÁRIO

CAPÍTULO 3 - RECOLHENDO OS CACOS

CAPÍTULO 4 - TODO CAPOEIRA UMA HORA SE LEVANTA

Dedico esse livro à habitante mais ilustre do país das maravilhas que rachou meu coração com um machado. Cada pedaço do meu coração é um poema desse livro.

E a cobra dos olhos verdes que juntou os cacos do meu peito e pegou meu coração na mão, apenas pra deixá-lo se espatifar novamente no chão.

Jonas Samaúma

[...]

“O nome dessa mulher está proibido nessa mesa, não falamos desse assunto nessa casa.”
Karen Worcman - Mãe

“Se você falar dela de novo, eu vou embora.”
Isadora - Última namorada

“Nossa mano! Você ainda tá sofrendo? Até agora? Já fez apometria, pathwork, mandala cristalina, tarot, Temaskal? Falta alguma coisa? Não gosto de te ver chorando.”
Juhliana Terra - Melhor amiga

“Nem o sopro do beija flor, nem o rezo do rezador, conseguiu te trazer esse amor. Olha pra frente por favor!”
Diana Freixo - Parceira de trabalho

"Cara, ainda essa história? Já deu né? Só de ouvir já dói minha orelha." **Cristine Takuá - Comadre**

"Cara, isso só pode ser mandinga, vou ligar pro seu tio falar com você, esquece essa mulher e treina mais." **Geraldo - Mestre de capoeira**

"Por favor, sai disso, tenho coisas mais importantes pra pensar e você também." **Ailton Krenak - Tio**

"Jonas, de novo essa menina, será que pra isso vão inventar vacina?" **José Santos - Pai**

Ver todos os 247 comentários

PREFÁCIO

Jonas é um guardião de sementes. Viaja, circula, revoa, distribuindo o que quer que possa florescer pelo chão. Pisa na terra, escuta os sussurros, dança nos movimentos, recicla rezos. Sua página é seu santuário e sua voz e ouvidos, as principais entidades. Coleciona histórias como quem replanta matas pelas brechas das cidades asfaltadas. Joga versos nas rachaduras.

Não é fácil ser um emissário. Ser portal, passagem, convite. Tem consequências, tem limites. Deixa marcas. Em quem fica e quem passa. Jonas não é o último dos românticos. Está entre os primeiros dos novos profetas. Jonas quer futuros, ele traduz as novas eras. Acredita cegamente que o amor é mais forte que todas as armas das guerras. E apanha por isso. Falo como amigo, como parceiro de front que já enxugou algumas feridas.

Esse livro é, sobretudo, um registro. Um ruído do que não pode ser compreendido, mas exaustivamente sentido. Um sintoma e um diagnóstico de um raio-x só pelo olhar, sem equipamentos. Porque é preciso caminhar, tem ainda muito verso pra ser feito. Por ora, baixar a cabeça, apurar os ouvidos e deixar o passado com o passado, procurando novos terrenos. Com os próximos passos sempre ensaiados. Ou, se não há tempo, improvisados.

Não é porque a vida é bélica que não pode ser bonita. Esse menino é novo, mas ajunta sabedorias. Rituais feitos, curas definidas, cabeça erguida. Pé na estrada e poema na mão. Nunca repetir do mesmo jeito, buscar sempre outro tom. Outro peito, outro refúgio, outro assentamento. Fazer a reforma agrária do momento. Repito, Jonas é movimento. O que está nessas linhas é itinerário, não é lamento.

Victor Rodrigues

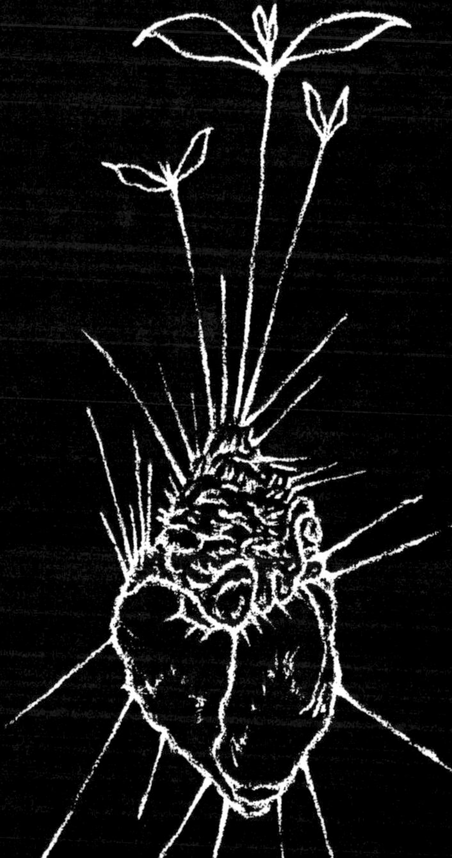

CAPÍTULO 1
A FLECHADA

Eu já fui até a lua
Pra tentar te convencer
E acabei conquistando a lua
Só não conquistei você

Tião Carvalho

SEIS COISAS IMPOSSÍVEIS ANTES DO CAFÉ DA MANHÃ

Eu queria não te escrever
Nenhuma poesia
Mas eu penso em você toda hora
De todo dia

Eu queria não te mandar
Nenhuma rima
Mas a lembrança de você
Vem e fica em cima

Eu queria não lhe declamar nenhum verso
Mas só existe uma de você
Em todo o universo

Eu queria porque te quero
E te quero por querer
Das seis coisas impossíveis antes do café da manhã
sete são você

Assim trabalho o fogo
A humildade e a calma
Eu até te tiro da minha mente
Mas não consigo da minha alma

PROVA DE AMOR

Me peça qualquer coisa

Eu subiria o Monte Everest de joelhos
Só pra trazer uma pedra de gelo
Se a sua água de côco não estivesse
na temperatura que você gosta

Se você quisesse o perfume do sorriso
Da sua tataravó
Eu ressucitaria o Manoel de Barros
Inventaria uma máquina do tempo
E traria o perfume do sorriso da sua tataravó
Pra você

Se fosse a sua vontade
Eu aprenderia a língua Yawanawá em uma semana
Traduziria todas as odes de amor do Neruda
E recitaria em língua indígena
De trás pra frente pra você
Numa noite de lua cheia

Bastava que você me pedisse
E eu iria plantando bananeira até o Japão
E traria 1000 origamis de borboletas
Pra voarem nos céus dos seus cantos
E mais 1000 origamis de golfinhos pra nadarem
Nos oceanos dos seu sorriso

Com uma única palavra sua
Eu me formaria em Matemática
Apenas pra vencer a morte em um jogo de xadrez
E a morte derrotada faria o sol morrer 25 vezes por dia
Pra que num pôr do sol eterno
Você tivesse as cores perfeitas
Pra pintar o seu próximo quadro

Então você vem e me pede:
- Não me procure
- Não pensa em mim
- Não fale de mim
- Não me escreva versos
Me desculpa, amor
Mas não posso fazer coisas impossíveis

SEU BEIJO É O LULA LIVRE

O seu beijo
É o Lula Livre
Eu entrelaçando o seu dedo
É a queda do Edir Macedo
Assim como banirem da terra
Todo esse medo da entrega
Cheirar o seu cangote
Seria como se meu avô
Voltasse da morte
Narrando suas póstumas memórias
E todas as pessoas desligassem a tv
E voltassem ao fogo
Para contar histórias
A paz no planeta imperasse
A fome na África acabasse

Se a gente ficasse
Seria como jogar fora todos remédios
Pra voltar pras plantas medicinais
Pras rezas ancestrais
E o Raoni ganhasse o prêmio Nobel da Paz
E a Petrobrás voltasse a ser pública
Com Ailton Krenak
De presidente da República

Mas essas coisas
Não sabemos se acontecerão
Nem onde, nem como, nem quando
São milagres impossíveis
Que continuamos sonhando

DESEJOS SECRETOS

Eu trocaria um bilhete premiado de loteria
Pra ser a sua tatuagem
Pra que você em tempo de lua estressada
Feliz ou calma
Eu tivesse ali sereno colado no seu peito
Perto daquele que não para de bater

Eu escambaria os meus olhos
Pra ser o espelho do seu quarto
E ao invés de ver as sete maravilhas do mundo
Eu acompanhasse o tempo das suas luas
E refletisse as sete faces suas

Eu daria tudo
Pra ser o seu Whatsapp
E no celular quando sua voz passasse
Dentro de mim se eternizasse

Na próxima vida eu quero ser um fio de cabelo seu
Pra ter certeza que você nunca me esqueça
Porque eu estaria ali grudado em sua cabeça

Isso na próxima vida
Porque nessa
Você nem me olha no olho
E eu tô parecendo mesmo
Um destemido piolho

EFEITO BORBOLETA

Em algum lugar
Você canta,
Respira,
Caga,
Sonha,
Fala,
Conversa,
Sussura,
Mente,
Transa,
Goza,
Vomita,

Fofoca,

Pinta,

Anda,

Desanda,

Cuida,

Reclama,

Declama,

Ama

E tudo isso que você faz a quilômetros de mim

Me impacta mais que qualquer coisa no planeta

Será que é esse o tal

Do “Efeito Borboleta”?

CAPÍTULO 2
A RASTEIRA

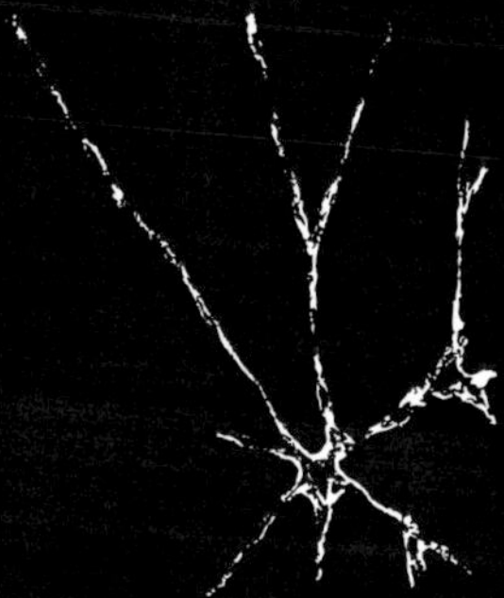

Quem pagará o enterro e as
flores se eu morrer de amores?

Vinicius de Moraes

ELA É O MEU CÉU

Hoje eu encontrei com diversos ciganos
O primeiro cigano me falou:
Amanhã se o céu nascer verde,
ela vai ficar com você

Então eu me lembro que verde é a cor da mata
Verde é a respiração da Amazônia
Verde é a cor do chakra cardíaco
Verde é a cor de Oxóssi,
Orixá que rege a minha cabeça
E com essas ideias me subindo a cabeça
Eu vou andando pela rua
Até que eu encontro com outro cigano que me diz:
Amanhã se o céu nascer rosa,
ela vai ficar com você

Então eu me lembro que eu conheci ela em novembro

Um mês depois do outubro rosa
A minha camisa é rosa
E por ela
Eu usaria calça rosa
Meia rosa, cueca rosa
Até pintaria meu cabelo de rosa
A primeira música que eu aprendi no piano foi a pantera cor de rosa
E com essa música tocando na minha cabeça
Fazendo a trilha sonora do meu dia
Vou andando pela rua até que encontro com outro cigano
Que me diz:
Amanhã se o céu nascer amarelo,
ela vai ficar com você

Então eu me lembro que amarelo
É o nome do cachorro do meu mestre de capoeira
Amarelo é a cor da camisa de Pastinha
Eu inclusive estou indo pra capoeira agora

Debaixo do sol
Que é amarelo também
E o sol é a melhor carta do Tarot
Eu tirei essa carta ontem
Isso com certeza é uma mensagem do Tarot
É um sinal
E guiado pelos sinais
Atravesso o sinal vermelho
Até que eu me encontro com outro cigano
Que me diz:
Amanhã se o céu nascer vermelho,
ela vai ficar com você

Então eu me lembro que eu sou judeu,
e Moisés abriu o mar vermelho
Da mesma maneira que estou completamente aberto
E vermelho é a cor de Lênin

É a cor da revolução
A cor do meu coração
Que é aonde ela mora
E eu ponho a mão nele
E a cabeça no travesseiro
Eu sonho que a língua dela é um camaleão
Que vai do verde, pro rosa
Para o amarelo, para o vermelho
Enquanto passeia pelo céu
Da minha boca
Mas então eu acordo
E abro os olhos
E abro as janela
E o céu...
Está azul

COMIDO POR DENTRO

Todos os dias
Eu fantasio o amor que nunca tive com você
Eu ouço as declarações que você não me fez
Em seguida me recordo dos momentos que jamais passamos juntos
Que saudades que tenho
Do telefone que não toca
Do verso que não se diz
Da mensagem que não chega
Do abraço que não esquenta
E da paixão que nunca floresceu em ti
Os vermes um dia comerão o meu corpo
Mas a sua ausência
Já me engole por dentro!

UM CHORO ESTRATOSFÉRICO

Formigas encontram cachoeira
Ao olhar para cima
Descobrem que a nascente
São os meus olhos

Afinal eu tenho chorado mais
Que os descascadores profissionais de cebola
Que bebê com cólica
Que cantor de sofrência
Depois de levar chifre
O Maracanã lotado na final da copa de 50
Chorou menos do que eu
Assim como as adolescentes que foram assistir
Titanic no cinema
Fizeram menos escândalo que minha pessoa
Eu não sei quem afundou mais

O Titanic ou as minhas esperanças
Os 12 trabalhos eram fichinhas
É fácil até mover montanha
Quero ver o Hércules chorar mais do que eu
Isso sim vai ser façanha
Depois de ver meu pranto
Os anjos ficaram de cabelo em pé
E já foram avisar Deus
Pra convocar de novo o Noé
Pois minhas lágrimas
Seguem caindo
Caindo e
Caindo
Cada dia que você não está do meu lado
Sorrindo

VOU PEGAR UM COBERTOR

Você é brasileira
Mas seu coração nasceu no inverno da Suécia
Mesmo que o planeta tenha mudado
Ele permaneceu na era glacial
E o aquecimento global
Não precisaria aumentar 1 grau
Mas 50
Pra ele começar a pensar
Em escorrer
Os bares economizariam muita energia
Se ao invés de usar freezer
Botassem a cerveja pra gelar no seu peito

Muito cuidado ao visitar florestas nórdicas
Com a presença do seu coração
Os ursos entrariam em hibernação
Mesmo se estivesse no verão

O Amyr Klink atravessou
De caiaque o oceano
Isso ele conseguiu
Ir da África ao Brasil
Mas se ele quisesse atravessar seu coração
Não conseguiria fazê-lo
É impossível
Remar no gelo
E mesmo que seu coração
Seja quase um picolé
Eu digo QUASE
Porque picolé uma hora derrete
Já a temperatura do seu coração é -7
Quer dizer -77
Ops... -137
E só de pensar sobre ele
Já começo a estremecer
Mesmo assim eu ardo, queimo
Me incendeio por você

QUARENTENA DO AMOR

Contigo eu fui frágil
Logo começou o contágio
Eu nunca troquei saliva com você
Mas seu olhar me contaminou
E no sangue se espalhou
Meu estômago tentou até usar máscara
Mas não adiantou
Logo você chegou
E eu só conseguia comer sopas de letrinhas
Que formavam o seu nome
Ouvindo sua playlist favorita
De quarentena no meu quarto
Quando tocou no meu coração
Eu quase tive um infarto
Entrou no meu intestino

Nas entranhas da memória
Eu só pensava no destino
Esperançava alguma história
Chegou nos meus pés
Que pararam de me obedecer
E todos os meus passos
Só me levavam até você
Até com álcool em gel
Eu lavava minhas mãos
Mas você
Já estava no pulmão

Parece pedra no rim...
Como faz pra isso ter um fim?
E tirar você de mim?

JARARACA

Eu quis lhe falar versos
Ela não ouviu nem o mote
Eu cheguei com as flores
Ela veio com chicote
Eu achei que era uma gata
Mas quando vi era jararaca
Pronta pra me dar o bote!

NO RITMO DO SEU NÃO

Meu coração
Não sei como não morre
Apanha, apanha, apanha
Parece viciado em rejeição
Porque continua batendo
Tum, tum, tum
No ritmo do seu não

CAPÍTULO 3

RECOLHENDO OS CACOS

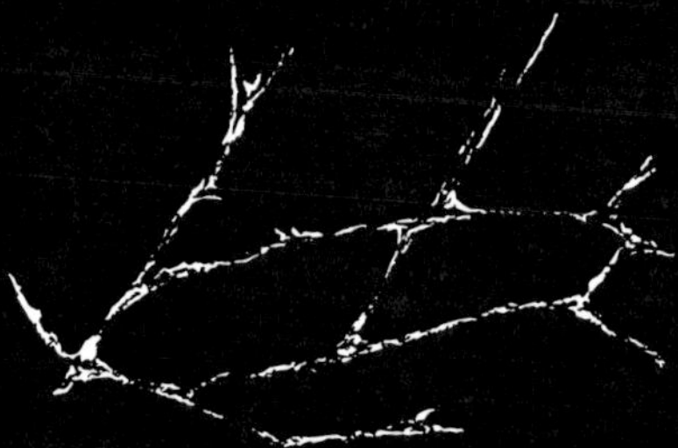

No meu caso coração
Tormento virou doidice
Tô sempre com enxaqueca
Já me sinto na velhice
O corpo todo doído
Tô cheio de esquisitice

Barca dos corações partidos

IMPERMANÊNCIA

Seu amor foi tão sólido
Quanto a democracia brasileira

LAVANDERIA EMOCIONAL

Eu já lavei o meu lençol
Mas nele continua o seu cheiro
E olha que você nunca dormiu aqui

LEITOR DA VIDA

Sabe aquela história
Que você não consegue virar a página?
Muda de livro

HAJA MEDITAÇÃO!

Depois do clássico
Pé na bunda
É hora de voltar
O pé pro Buda

QUADRA PAULISTANA

Se meus versos de amor
Não chegam até você
É porque estão presos
Na Marginal Tietê

SÓ ALEGRIA?

Hoje Daniel me perguntou
E aí, poeta, tudo bem?
- E eu pensei que eu tô ótimo como
Alguém que cai sangrando no mar aberto
Com cinco tubarões brancos por perto
- Tá tudo certo?
Não falo nada, mas penso que tá tudo certo como
Alguém que caminha no deserto
E a garganta seca como concreto
E a miragem que vem não é a água,
Mas é a imagem dela que vem
Que some
Que aparece
E me consome
Ela não é a minha sede
Ela já é a minha fome
Eu tô assim no céu

Como quem tá no último dia
Sem grana pra pagar o aluguel.
Eu tô tão mal
Como alguém que perdeu um cheque em branco
E tá no cheque especial
Que tá com bilhete único bloqueado
E pegou um motorista rabugento,
Mal humorado
Com um trânsito parado
Indo pro trampo
Atrasado
Diante do meu silêncio...
Daniel me pergunta de novo:
- Poeta, tá tudo bem?
Eu respondo:
- Sim
Então ele diz:
- Então é isso parceiro,
Só alegria!
Saiu e assim continuou seu dia.

O GOSTO DO SEU BEIJO

Como eu sonho com um beijo seu
Será que sua boca teria
Um gosto de salada de fruta
De um abacaxi Kaxinawá
De uma manga de mangá
De uma jabuticaba que nunca acaba
Ou será que é pura ilusão
Teria um bafo de onça pintada
De quem comeu comida estragada
E até mordesse
Deixando minha boca rasgada?

Tudo isso imaginei
Mas como eu nunca te beijei
Só sei
Que nada sei

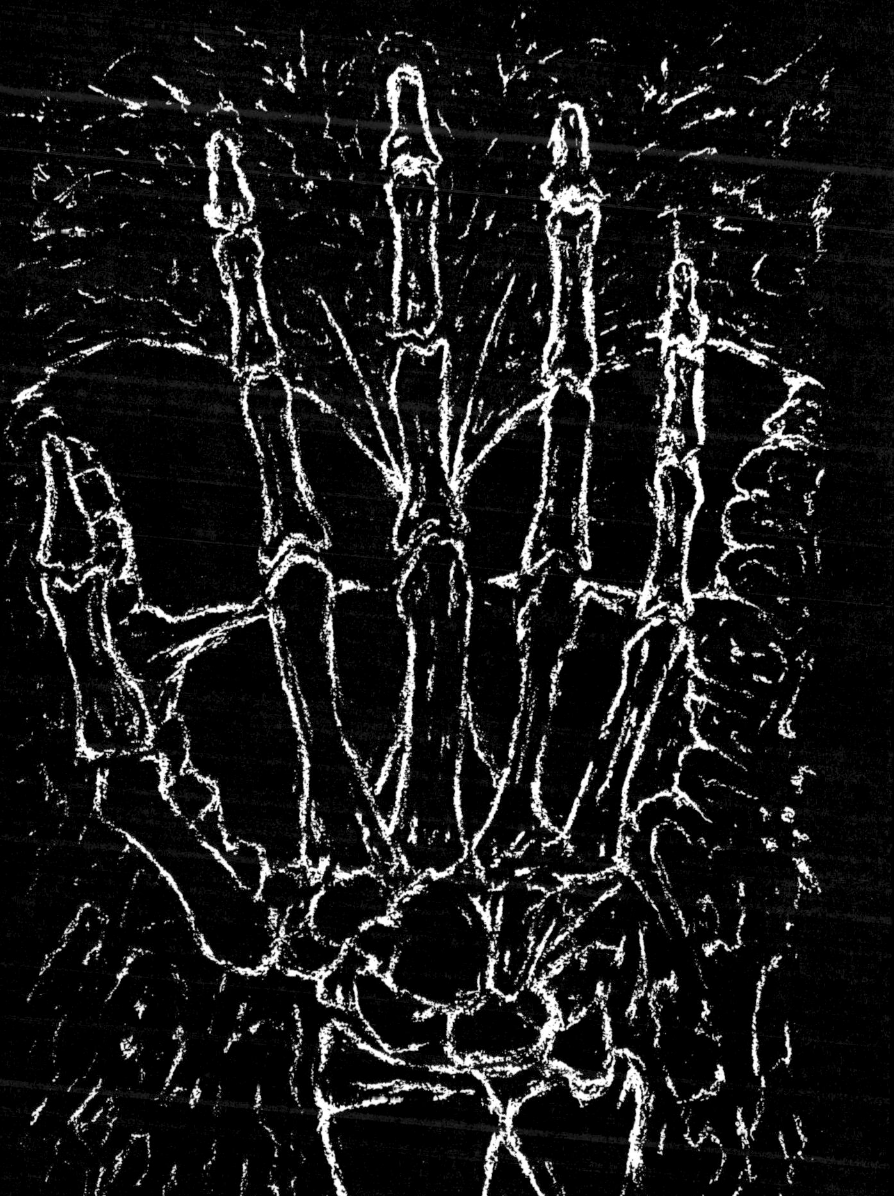

O QUE EU SOU?

Eu não sou um Nobel da literatura
Eu meditei, mas não me tornei um Buda do século XXI
Eu não sou a reencarnação de Moisés
Eu não sou tão forte como os Pajés
Eu não coleciono troféus
Eu não virei capa de revista
Eu não sou referência nem para o meu irmão
Eu não sou a pessoa mais bonita da minha rua
Eu não conquistei a mulher que eu amo
Eu não virei um Che Guevara brasileiro
Em oitenta dias eu não viajei o mundo inteiro

No entanto, a cada dia, eu tenho me tornado aquilo que ninguém mais pode ser:
Eu

O FILME DA NOSSA HISTÓRIA

A nossa história
É um filme
Alguém avisa o roteirista
Que ele tá demitido
Afinal ele é cult demais
Muito moderno pro meu gosto
Ou melhor, desgosto
Poucas cenas aparecem o seu rosto
É só tapa na cara da minha inocência
E eu chorando em plano sequência
Tomando fora, descendo pelo cano
Quero que contratem agora
Um roteirista de filme americano

A VÉSPERA DO TCHAU

Ela vem pra minha cama
Diz que me ama
Deita no meu peito e se esparrama
Com um sorriso transcendental
E diz que tá pra nascer
Alguém como você
Pois não há outro igual
Aí a minha alegria
Vai do leme ao pontal
Mal sabia eu
Que era a véspera do tchau

CAPÍTULO 4

TODO CAPOEIRA UMA HORA SE LEVANTA

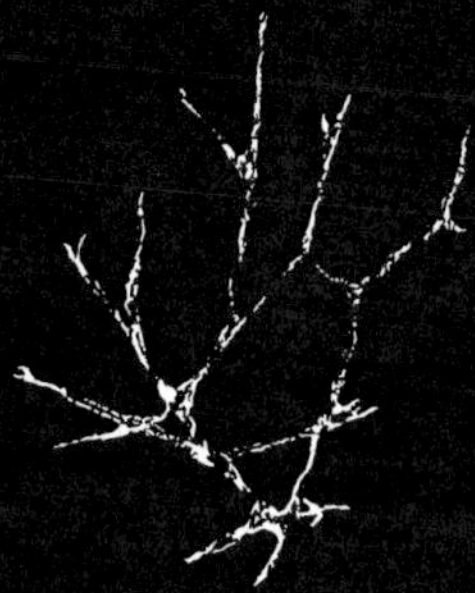

Ei Dona Alice

Não me pegue não

Não maltrate

O meu coração

Canto corrido de capoeira de angola transcrito do álbum de Mestre Ananias

PROMETO QUE SERÁ A ÚLTIMA

Tem alcoólatras anônimos pra amor?
Paixólatra anônimo?
Prefiro te escrever um livro
Pra te espalhar, celebrar, semear
Eternizar o que nunca aconteceu
Pois minha pessoa pra você
Jamais existiu
Um amor que nunca se consumou
Mas uma paixão que me consumiu!

Hoje é o último dia que vou te escrever
É a última noite em que pensarei em ti
Aproveite
Serão os últimos versos que te farei!

Mas essa
Não é a primeira vez que falo isso.

CHAMA GÊMEA

Chama gêmea que me chama
Tira algema mexe a gema
Geme a ema
No tronco do Juremá
Jurema é minha cúpida
De poder tão celeste
Com as Raízes fincadas
Nos repentes do nordeste

Me pegou com uma só flecha
Meu corpo é fechado
Mas no coração tinha uma brecha
Meu coração
Arrebatado
Entregue aos Kenes
Com uma jiboia de canoa

Recitando Patativa
Ou então Fernando Pessoa
Ele vai de lagarta a borboleta
Cada vez que tu aparece
É a resposta de uma prece
Como é que isso me acontece
Nossos corpos mudaram
Mas minha alma não esquece
Não me importa se estou na idade da pedra
Com roupa cigana, egípcia
Ou quem sabe usando um terno
Em uma vida só não cabe
Aquilo que é eterno
E os mestres ascenscionados comem pipoca
Torcendo intensamente por mim
Nessa psciodélica novela mexicana de amor

MULHERES QUE CORREM COM OS LOBOS

Mulher,
Quando eu te vi e você cantou
Meus ossos quebraram a dormência e
começaram a dançar
Mas logo você partiu em disparada
E eu junto com os lobos corri,
Te farejando por toda parte
Guiado pela lua
Te vasculhando em Marte
Você me ofereceu todas as provas
impossíveis de Baba Yaga
Mas me faltou uma boneca pra resolvê-las por mim
Quando você me disse não
Eu fiquei tão louco na minha solidão
Que saí com uma vara

Para pescar meu próprio vazio
Dos ossos nossos da dor
E não teve uma mulher-esqueleto
Para beber as minhas lágrimas
Tive que engoli-las toda sozinho
Sim eu encontrei com o urso da meia lua
Declamei poesia pra ele
Falei dessa paixão
Ele sentiu compaixão
E não só me ofereceu um pelo
Mas toda a sua pele
E você hibernava em algum outro sonho
Você era o meu norte
Mas também era o meu sul
E dentro dessa obsessão
Minha barba ficou azul
E apenas o cinza da vida sem você

Matou esse predador de mim
Sim, você foi a mulher de pele de foca
E que com sua pele
Saiu pra longe de mim
Sem nunca ter entrado
E tonto eu, em nada mais
Consegui ficar focado
Eu li o livro das Mulheres que Correm com os Lobos
Pra buscar te compreender
Absorver o seu ensino
Pois você era a representação completa
Do sagrado feminino
Pois é isso
O que todo homem quer
Mas agora vejo que não tava em você
Mas vivendo dentro de mim essa mulher

CONVERSANDO COM A FUMAÇA

Quando eu subi a montanha
Eu encontrei com um sábio Lakota
Que passava a mão em minha nuca
Com seu cachimbo, sua Chanupa
Isso não é invenção de poesia
De fato encontrei com ele
Quando ele me dizia
Você se deita com as mulheres
Mas é o vazio que te abraça
Você tem o dom de contar histórias
Mas não sabe escutar o silêncio

E o silêncio que será sua bússola

Mas o silêncio dela
É tempestade no meu veleiro
Quebrado por inteiro
Perdido, corro por todas as direções
Fugindo dessa faca que me corta por dentro
E não importa a casa que eu esteja
Sempre é mal-assombrada
Pelo fantasma de suas lembranças

o silêncio será sua bússola

Mas eu não paro de escutar ela dizendo que me ama
Porque fico abrindo áudio antigo
Procurando apagar o eco da sua voz
Dizendo que só me vê como amigo
E tudo que vejo em cada instante, cada música

Cada livro da minha estante
É um pedaço dela,
Dessa ausência constante
Desse chute na canela
Desse disco arranhado
E como eu queria
Que esse grito de dor
Tivesse a brevidade de um Haikai
Mas numa bíblia não cabe
O som do meu ai

o silêncio será sua bússola

Mas como?
Se a voz dela é meu mantra
Se seu retrato é quem me janta

E nada do que faço
Me adianta
Me traz a cura
Depois que ela me largou
Quem anda flertado comigo é a loucura
Até que a imagem pura
Como num desenho mais perfeito da miração
Me volta o sábio Lakota que conheci
Me passando a instrução:

Tudo isso é ruído
Uma hora fará sentido
Mas no momento só tem uma maneira
De ser compreendido

E é o silêncio que será sua bússola.

ESCRITO COM SANGUE

Minha bandeira é minha cicatriz
Muitos estendem troféus
Postam conquistas
Tomam banho de sorrisos
Se perfumam de aplausos
Eu não tenho nem isso
Pra dar de comer pro meu ego

Minha poesia é um passaporte
Pra vulnerabilidade
É um portal pra imperfeição
Há um tempo
Pensei que ia conquistar beijos de cinema

Ter um amor de novela
E as melhores histórias
Pra contar pros nossos netos
Se o beijo não veio
Imagine os netos
Mas aprendi a ser mãe
E dar colo pra minha ferida
Esses poemas
São o leite que ela mama
Esse livro pode ser que não ganhe os maiores prêmios
Mas pelo menos,
Foi escrito com sangue

POSFÁCIO

Ai, o que falar desse livro do Jonas? Meu deus, uma aporrinhação... Se eu tivesse saco, o Jonas seria o pé nele, a pedra no caminho, no sapato.

Vixe, ave-maria, acho que falta espelho na casa do escritor. Às vezes, a vaidade da literatura é tão grande que ele não se enxerga. Imagina eu, que tive que ficar 2 anos ouvindo esses poemas chegar com carta, chegar com flor, por mensagem, até bloqueei o cara! Eu já não sabia se ia na polícia ou no pai de santo. Dizem que ele é rezador, mas, pra mim, tava mais pra obsessor.

Ele achava que com esses poemas baratos de quinta categoria ele ia me conquistar, mas, sinceramente, nem que me escrevesse uma biblioteca eu beijaria ele, preferiria que minha boca caísse. Eu tô assinando esse posfácio porque ele me pediu muito, aí pra ele não me encher mais ainda, resolvi escrever. Não que eu tenha lido o livro, afinal, não li.

Não me interesso, mas penso que esse livro foi a forma dele de enterrar o cadáver que foi toda essa projeção. Esse meu texto foi a forma de eu colocar uma lápide. Mas por mim, teria era queimado! Às vezes se enterra o amor pra nascer de novo e prefiro nem pensar nisso.

Não coloquei o meu nome, e insisti pra ele não colocar na dedicatória e em nenhum lugar, porque se esse cara é chato, imagina como deve ser o leitor dele - que nem devem ser muitos. Se tiverem um décimo da chatice desse infeliz, não conhecerei a palavra "paz" pro resto da minha vida. E a paz eu quero, só não quero é você, queria um texto, tá aí, duvido que publique.

Só não me procure mais, POR FAVOR!

Musa inspiradora do autor

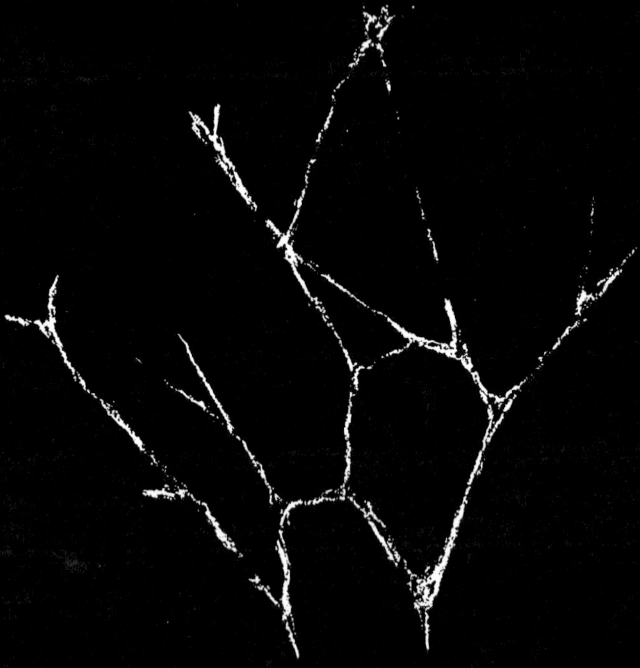

FOTO: DIANA FREIXO

Jonas tomou seu primeiro não aos 12 de idade, nãos esses que ele já perdeu a conta na sua curta existência. Aos 17 anos, gostando de uma menina há três, achou na poesia a forma de revelar o seu amor. A poesia deslanchou, o amor veio junto com o livro "A Vida é Bélica", alegria durou pouco, veio o pé na bunda. Colocou o pé na estrada, morou com repentista, mestre de capoeira, pajés e os saraus foram sua faculdade de poesia, essa paixão que lhe explodiu o peito, esse fora que não coube dentro traduzido nesse livro, foi seu mestrado de poeta.

Esta obra foi composta em Code Saver e impressa pela gráfica psi7 sobre papel pólen soft 80g/m2, em agosto de 2021.